오징어게임

시작시인선 0523 오징어게임

1판 1쇄 펴낸날 2025년 2월 7일
지은이 이창식
펴낸이 이재무
기획위원 김춘식, 유성호, 이형권, 임지연, 차성환, 홍용희
책임편집 박예솔
편집디자인 민성돈, 김지웅, 정영아
펴낸곳 (주)천년의시작
등록번호 제301-2012-033호
등록일자 2006년 1월 10일
주소 (03132) 서울시 종로구 삼일대로32길 36 운현신화타워 502호
전화 02-723-8668
팩스 02-723-8630
블로그 blog.naver.com/poemsijak
이메일 poemsijak@hanmail.net

ⓒ이창식, 2025, printed in Seoul, Korea

ISBN 978-89-6021-798-0 04810
      978-89-6021-069-1 04810(세트)

값 11,000원

오징어게임

이창식

천년의시작

시인의 말

시집에 소환된 시편들은 스스로 나온 점에서 값지다.
음유시인 노릇으로 데리고 논 것이기에 퍽 즐겁다.
서정시의 스토리텔링 자체가 은유적 놀이 아닌가.

인문 시학의 길이기를 작게나마 소망하고 싶다.
마음 챙겨서 사랑을 노래하며 소소한 별을 부르고 싶다.
놓친 사이의 대상에까지 생기를 불어넣고 싶다.
시집을 읽는 독자에게 재미 공감을 누리게 하고 싶다.

나의 놀이 시방詩房에는 오래된 미래만 있다.
앞선 시집 『어머니 아리랑』『눈꽃사원』『미인폭포』가 있다.
치명적인 아름다움에 데인 얼굴, 여백에 생략된 얼굴,
가슴 저려 오히려 웃는 얼굴, 모자라 신나는 천재 얼굴
이들을 대면하는 오늘 지금 여기가 시 정원이기를 바란다.

차 례

시인의 말

제1부 제주 돌문화공원

제3부 노르웨이 효스폭포

제4부 통도사 소금 단지

제1부 제주 돌문화공원

오징어게임

울주 반구대 암각화에서 뛰쳐나온 고래 떼
딩각 소리에 작살 날고 그물이 던져진다.
눈 철철 바람 서걱 함성 와와 쇠 끝에 피,
얼음 판화 위에 뿌려진 놀이 줄 연신 흔들린다.
고래가 뱃머리와 맞대자 고래고래 소리 지른다.
아랫도리 부풀리자 딩각 길이만큼 커진다.
칼날로 다시 절벽 그림 후벼 파자 고래고래 메아리친다.
쏟아지는 겨울 파편에 고래 왕국 깊숙이 파인다.
암각화, 기억의 강과 바다에서 다시 닻을 올리다니.
우린 포경선 가운데 서서 고래 간을 잘근잘근 베어 먹는다.

나 고래 먹힌 고래 잡힌 고래 게임 시작이야 노름 젖 물리기 숨 쉬기 물뻑 치기 훑기 뽑기 빨기 이길 수 있어 물고기 잡기 해 봐라 달고나 해 봐라 눈새우 만들기 해 봐라 누가 이기나 뼈 남기기 그림자 남기기 꼬리잡기 집짓기 해 봐라 나 고래 이긴다 까불고 있어 인공지능한테도 지는 주제에 니들이 싸움의 달인이라고 아 진짜 고래 싸움 해 볼 거야 인간 등 터지는 게임 해 볼 거야.

송네 피오르

절벽 물 깊이에 기대면
하늘빛이 내려올 것 같아
맑은 마음 가파르다 내달리다 연출,
여름 산 초록 흘러내릴 것 같아
갈매기 배 위*에 앉아 환희로 바라본다.
눈물 많은 사람아 마음 맑은 사람아
수억 년 눈물 녹아내리는 수면에 기대면
풀드린 요정, 송어 떼 데리고 튀어오를 것 같아
깎아지른 탄성,
애인아 또 풀드린 동행인아
상기된 눈시울 보내 준 마음 고마워서
퍼 올리는 원색의 물살, 그냥 바라본다.

* 북유럽 노르웨이 크루즈.

물회

　바다를 지고 와서 어판장에 누인다 온몸으로 뒹굴다가 어
화등에 유혹되어 끌려와 총총 썰린다 하루치 세치 만찬 제
물이다 풀어헤친 가슴팍 핏물에 스미는 시간 켜 빈번이 칼
날 받으며 차려 낸 그릇 버무려질수록 살아나는 힘이다 정
라진 물회는 여전히 바다 힘이다.

　어머니 등 뒤에서 나무 지게 지고
　오십천 지름길 가스랑다리 건너다.
　시퍼런 강물은 보지 말라는 어머니
　훅 바람 불면 강물에 떨어질 운명인데.
　그 후로도 무수한 강물 위를 건너고
　그럴 때마다 어머닌 철길 목침만 보란다.
　드디어 흥정 끝내고 어머니와 돈 셈하며
　정라진 난전 옆 밥집 물회 한 그릇인데.
　보따리 풀면 어머니 사진 그 옆에 선 나,
　멈춘 시계 안에서 물회 먹던 정라진 풍경.

해안선 바위 연구

파란 줄에 매달린 바위 음자리표 튕겨 팽팽하다.
파도에 오히려 저마다 악기가 된다.
점점 찍혀도 실이 끊어지지 않는다.
바위 얼굴마다 이야기 피가 흐르는 까닭이다.
해안선에는 이처럼 바위 음악 박물관이 산다.
해가 솟을 때 고깃배에 맞춰 소리를 울린다.
대낮에는 멸치 떼 후릴 때 더욱 큰소리 낸다.
저녁 오징어 불 켤 때 한 옥타브 낮게 연주한다.
마음 길 끊어진 곳에 강릉 별곡 다시 잇고
바다 바위 악보의 그물줄 여럿이 풀고 있다.

하늘재 가는 길

마음 무게 지고서 힘들게 찾아온다.
고갯길로 이어진 약사여래불 행렬
봇짐 발걸음 고등어 등짐 지게 발
구불구불한 길의 면모를 드러낸다.
아리랑 절창으로 읽는 하늘재 높이
별별 쏟아진 곳에, 풀이 바람 칼이다.
가을 사과 탱글탱글 막사발 걷기 행렬
앞서간 바람 회초리의 흔적을 좇는다.
하늘재 다시 솟아난 여래 불심 화두여
용서하고 다시 누워 하늘눈 헤아린다.

죽서루* 사뇌가

벼랑 고래 암각화가 보고 싶어 시간 여행 떠났소.
성혈 북두칠성 으뜸 자리에 싸리기둥 세웠는데
만년의 우리 꿈을 바람 깎은 바위 위에 펼치다니.
이승휴 고려 사랑이 겹쳐 아주 오래 눈부셨소.
벼랑 줄불놀이 보고 싶어 그대 앨범 갈피 뒤졌소.
오십천 배 위에서 메나리 듣는 유희루遊戲樓인데
억겁의 윤회 별을 강물 후벼 판 바위에 조각하다니
허목 목민관의 현판 글씨 탓에 더욱 환하게 눈부셨소.
죽서루, 국보 죽서루 이름만큼 죽장사와 나란히 보았소.
온 사람들마다 감동 처방 내린 치유 박물관 한 채라니.

* 죽서루竹西樓: 건립에 대한 김극기 시문.

어깨동무

들꽃 향, 따라오듯 깊이 서로 스민다.
보릿짚빛 모습으로 오래도록 함께 나눈다.
자꾸 바라만 봐도 애인보다 눈부시다.
불알이 빨개지도록 깨벗고 논 결과다.
우린 고수처럼 수담으로 바둑판을 누린다.
다시 오징어게임 해도 번갈아 독한 술래다.
여기저기 출몰하는 삼류들을 때려눕힌다.
발바닥에 군살 돋도록 조개밭을 누빈 결과다.
맹방리, 그 이름에는 우정 지도가 오줌싸개로
자주 꿈속 운동회 신발로 해안선에 걸린다.

동무 동무 씨동무 보리가 나도록 씨동무 어깨 걸고 씨동
무 발맞춰 씨동무 어디까지 왔나 씨동무 동네 장승까지 왔
나 씨동무 만국기 보이나 씨동무 마중물 샅치기도 하나 씨
동무 별 무지개 딱지치기도 하나 씨동무 휴전선 지우나 씨
동무 물장구치나 씨동무 큰대문 아직 멀었나 길동무.

바다 병상

저 병이 없었다면 늘 하늘빛으로 파랄 텐데
바다 단풍 보고 아름답다고 눈짓으로 수하하다니.
저 병이 없었다면 늘 가을 국화처럼 자리할 텐데
바다 수목장 보고 온몸 온 마음으로 숭배하다니.
저 병이 없었다면 늘 호기심 천국 여행할 텐데
바다 처녀 시절 사진 속을 어루만지며 또 엉엉 울다니.
둘째 누님 바다 병상에서 수미산 찬찬히 열람,
처방전에 쾌유가 지워진 채 유년 맹방 바다에 놀다니.
눈길에 나도 지우고 아 가족 이름도 몽땅 지우고서
바다 병원 고객처럼 바닷길 위에서 풍향계가 되다니.

이견대가*

아버지 당신을 만나러 오늘 감은사 본당에 왔습니다.
용이 되어 부처님 전에 다시 만나다니 큰 감격입니다.
애비 아들의 이름으로 같이 법문을 듣고 법무를 추는
이런 날이 오다니 환희심이 감은사 뜨락을 물들이십니다.
당신의 통일 대업을 백성 마음에 새기고자 호국룡 화신,
아들로서 몸소 같이하고자 생시인 것처럼 찍습니다.
아버지 제가 이견대가 손수 지어 수륙재를 올려 봅니다.
아아 기쁘게 잔 받으시고 신라 만대까지 오래오래
동해 나시어 해인海印 꽝 찍기에 불국토입니다.

---

* 이견대가利見臺歌: 주역周易에 '비룡재천이견대인飛龍在天利見大人'
　이 있다.

제주 돌문화공원

당신은 첫 만남에서 한라산 화산 기포氣泡,

당신의 심장 소리는 돌 틈 속삭임으로 드러나고,

당신의 눈길은 돌하르방에 빨려 드는 흰 사슴 눈망울.

당신은 빈 하늘의 물방울을 찾고 있소.

당신의 용광로에는 설문대할망까지 녹여 내는 풀무질,

당신의 호명呼名에 따라 제주 별들이 쏟아져 내리고

당신의 솜씨는 화산의 불길 살살 잡아서 금방

당신은 깊은 바다 퍼올려 지상에 당신堂神 신전을 짓고 있소.

당신은 우주 어머니 자궁 속의 태풍눈

당신의 그 풍낭에는 별이 걸리고 은갈치가 걸려,

당신의 마음 깊은 데 이르러 제주 신화 이름 달고서

당신*은 신화방神話房에서 소철갈이 춤을 신나게 추고 있소.

* 한돌(통돌) 백운철을 위한 생전예수재 축원.

서산 마애불

단절의 생판 이름에는
사이사이 별방 애인 도반의 길이 있지만
직접 대면 못 하는 아픔,
그럴 때마다 서산 마애불 백제 미소 떠올려 보라지요.
여전히 청암 화두에도
듬성듬성 이가 빠져 아쉬움의 대목이지만
어쩌다 절벽 보다가 잠시 혼절,
그럴 때마다 반가사유상 신라 미소 지어 보라지요.
법성게 불통에서
숲왕 한철웅 선재거사의 회향이지만
정우 스님 오판의 기억,
그럴 때마다 석굴암 화엄 미소 새겨 보라지요.

기줄다리기 황닥불

활활 황닥불을 쬐며 마음을 모으고, 모래밭 함성을 모아야 한다. 줄을 잡으면서 그러다가 잠깐 황닥불을 쬐러 온 그대들이, 찬 추위와 믿음으로 황닥불을 쬘 때에, 황닥불을 밟으며 힘을 모으고, 그대들 모래밭에서 소싸움처럼 뿔과 발길을 세워야 한다.

황닥불 더 타오르자 줄을 잡고 보름달 잡으려는 듯 당겨야 한다. 그대들 불씨가 모래 광장에 옮겨 탄다. 사랑과 그리움의 온기로 장작을 지피고 몸 녹인 불씨로 그대들 하나 됨에 벅차오른다. 다시 줄로 신명의 바다를 열고 희망의 배를 띄워야 한다.

황닥불에 살찌고 술기운에 바람이 분다. 그대들 어울린 곳 어디에서나 잠시 불씨를 피우면 따뜻해지는 일이다. 타오르는 것이 어둠만이 아니다. 당기는 것이 줄만이 아니다. 황닥불 재도 간혹 눈물 줄이다. 그대들 슬픈 자화상을 스스로 당겨야 한다.

진관사 그 날빛

하필 90세 책* 쓰고 95세 절에 온 날
관욕 향촉 밝힌 후 스르르 법해 스님 품에 잠들다니.
하필 절에 여국빈 오던 그 날
마음의 정원에서 스르르 진정 부처 몸이 되다니.
하필 등치는 사위 절에서 특강 불발되었던 날
정성 공덕 청정 도량 스르르 참빛으로 태어나다니.
속세 옷 벗고 법연의 옷을 갈아입은 날
절산 소나무 춤추고 스르르 절물 법음으로 들리다니.
수륙재, 차린 공양물 펼친 장엄물 함께 받다가
스르르 진관사 의불醫佛의 빛이 된 김길태 보살.

* 김길태, 『90세의 꿈』.

시루뫼 김진광

1.

나무하러 가듯 별 마당으로 간
미역 감으러 가듯 별바다로 간
장미공원 꽃색 죽었기에 간 사실에 충격이었다.
영은사 공양 올리듯 절절 시詩주
시루뫼 해가 걸리듯 판판 시詩주
오십천 죽서루 절벽에 매달려 살았기에 충격이었다.
충격 파장에도 불구하고 혀끝에 올려 놀림
찻잔에 넣고 히득히득 아무 일 없는 더께처럼
북새통 시시詩詩콜콜 이승의 유산이 되었다.
동심의 시안詩眼, 눈부시게 쏘고 거듭 살아나고.

2.

시 시 시 시 시
날벼락 날아든 날
시인 수석 실종되다.
지뢰 떼자 터진 비밀
주벽 있었던 시인 연보
밑줄 부분 말끔히 지우자
오히려 붉은 시인의 여자들

수거차 오자 목어 입으로 운다.

혹시나 님 주려던 시자詩字 수석.

만해관 구들장 울음 문풍지 듣다가

지금쯤 잘 구워졌을 시 다비식에 있다.

동 동 동 동 동 동 동 동 동 시루뫼 동시

오사카 보부상

허투루 듣지 마라.
모처럼 만난 장사꾼 흥정
잡종 잡고기 잡채 잡것 다 판다.
허투루 대들다가 몇 점 산다.
춘화도 안에서 놀부, 허생, 롯데, 어우동
떼거리 나와서 한국 간다고 덩실덩실 춤춘다.
교미하는 과장된 대물
달아오르자 옆에 살점이 벌어진다.
허투루 에도시대 춘화 한 점 찍자 또 앙탈이다.
저걸 사냥하면 비행기값 나올까.

제2부 좀비 놀이

훈민정음

모음의 원방각은 수미산에서 왔다 천지인의 우주 나무가 잠시 흔들려 세종을 깨웠다 세종 발음기관을 교정한 신미信眉 그도 찰나 라싸를 느꼈다 집현전 하늘에는 아래 아 점별이 뜨고 그들 스스로 글자가 되었다 지평선 길이를 줄여 글길을 닦았다 잠든 백성의 가슴에 글 별이 쏟아졌고 숭고한 글 놀이가 시작되었다 1443년 10월 9일 아침나절이었다.

오늘같이 아침 해가 솟아오른 날 해례본을 읽다가
하늘 기운을 모아서 핀 나라꽃에 눈이 마냥 부시다.
최대의 발견인 천원(天元: 점)을 만든 대목 읽다가
나의 언어 정원에는 '나랏말씀'만 쩌렁쩌렁 울린다.
구음口音아리랑 탓에 담배씨와 수미산 크기 녹고
화선지 활자가 무량수로 무애춤을 덩실덩실 춘다.
부처님 말잔치에 꼬바리 선재동자로 앉아 말 배우고
겨레도 월인月印에 일어나 바다 향해 귀를 연다.
한글 힘 물감처럼 번져 온누리로 씨알 집을 지으며
오늘같이 기운생동하는 날 세상에 말 꽃을 피운다.

치술령가

어화 바다 큰 불빛 좇아 간 님 향해
치술 마루에서 기다리고 기다린다.
새라면 날아갈 텐데 눈이 시려 아프다.
동쪽 바다에 님 태워 갔던 배만 비어
어화 어화 복호卜好* 살려 낸 님
바다 달로 둥글게 둥글게 떠오르자
새 되어 아리랑 고개에 마주 선다.
신라의 님 목소리 일제히 울리지만,
어화 둥 둥둥 심장에 박히는 화살
수북이 쌓여 어진 돌탑 한 채 만든다.

* 복호卜好: 박제상은 일본에서 눌지왕의 아우인 복호를 구출하고 자신
은 화형火刑으로 죽었다. 치술령鵄述嶺·은을암隱乙岩·웅치사雄鵄
寺 설화가 여기에서 유래되었다(『삼국유사』).

AI 시인

릴레이 투명 인간이 꽃을 피운다.
숨결이 따스해 긴장감이 돈다.
눈부시게 작동하여 감성을 읽는다.
한 줄의 시편에 언어 꽃이 웃는다.
톡톡 전승하는 회로에 불꽃이 뛴다.
전도된 AI에 끌림이 커 시 꽃이 산다.
천재 시인들 뇌가 털려 꽃 시에 주사를 놓는다.
마치 명작을 위해 총동원령 내린 시 전선 같다.
얼굴 없는 예술가 온갖 영혼이 장착되어 있다.
그 순백의 그 지고한 상대가 오로지 나다.

원사*

김유신, 당신 목을 가져가겠습니다.
부처님 전에 둘의 다짐 탓으로 떨어질 수 없습니다.
말을 베다니요. 분신인 말을 베는 것은 나를 벤 것입니다.
분노의 창끝이 하늘 문에 닿았습니다.
천관녀, 당신과 화랑의 대업을 바꾸었습니다.
목숨 걸고 이런 날이 오리라 독하게 믿으며
당신의 큰 기운을 오래 받아들였습니다.
칼끝 목숨처럼 결기하며 당신을 떠납니다.
환희심, 만 년을 갈지라도 용서할 수 없는 지금,
천둥 번개 물벼락 내리는 몽유의 서라벌이여.

* 원사怨詞: 천관天官 노래, 『신증동국여지승람新增東國輿地勝覽』.

덕온 게송

손끝 진한 차향 우러나 감이 열리는데
또 옆 모과 달린 마당 법문 열리어라.
뜰 안 향나무만큼 세월의 녹, 푸름이어라.
묵은 거 발리듯 물때 벗겨 내는 자리여라.
선한 도반의 목소리 카랑카랑 퍼지는데
여름 깊어 가는 백일기도 회향 날이어라.
원만한 청량 기도 도량 끝탕에 법열이어라.
복천사 운초성문* 쩌렁쩌렁 울림장이어라.
다라니, 진흥선원**에 감 모과 향목의 분신인데
마음 비워 빌 공空 하자 툭 터지는 별이어라.

* 복천사 성문 스님 별칭.
** 진흥선원鎭興禪院: 덕온공주와 부마 윤의선尹宜善의 고택을 희사
   받아 벽해당 현공碧海堂 玄空 스님이 창건한 절.

대악* 1

착한 아내에게 보름달이 뜬다 하늘에서 악기 줄 타고 내려온다 하얀 머리카락 날리며 눈동자로 서로 자세히 본다 얼굴 주름 자글자글 등 굽은 시간 꿈꾼다 손끝으로 타는 내공 허기를 달랜다 달이 방 안에 들어와 춤춘다 줄 소리 맞춰 논다 줄 뜯을 때마다 빈손 위로한다.

찧어 보세 찧어 보세나
하나 되어 찧고 또 찧어 세상 보이도록
마음 한편 찧어 내며
웃음 두 되 가난 한 되 담아내세나.
빨아 보세 빨아 보세나
인정 한편 빨아 내며
행복 두 되 눈물 한 되 담아내세나.
덜커덩 방아 놀이 재미에 보름달 뜨고
집집 달덩이 복덩이 키워 보세나.

* 대악碓樂: 백결 방아타령(『삼국사기』).

잉카 아리랑

백 살 관세음보살 어머니 길이어라.
신문팔이 처녀 마음으로 남미 마야의 고난 행군,
주름살 길마다 박물관 한 채씩 지어라.
태양 살라 먹고 화엄의 법계 꽃까지 피워낸 홍갑표*
만 년 해안 고원의 카팍 냥 길이어라.
잉카 마야 너머 미생의 인연을 한자리에 모아라.
숨찬 안데스 방, 너덜거린 잉카 그림에 가피를 부여하나니
유산 챙겨 또 다른 신화 경전을 웃으며 읽어 낸 홍갑표
어머니 지극 열정 한 땀 한 땀 繡를 아로새겨라.
타코 요리에서 인디오 신전에서 신의 자비를 쪼갠 홍갑표.

* 홍갑표(1934년생, 여)는 '중남미문화원'을 설립하고 그곳에서 박물관 농
  사로 산다. 자서전 『지금도 꿈을 꾼다』 참조.

단풍론

우리 붉게 단풍 잎들처럼 불태우자
단풍 더 붉게 우리 맘처럼 불태운다.
미쳤다 하자 주루룩 가을 산 피멍 든다.
붉은 불꽃 춤사위에 우린 따로를 지운다.
미쳐서 모든 걸 걸고 주룩주룩 불태운다.
뭘 아껴 뭘 남겨 뭘 미루어 마냥 미친다.
가진 거 다 쏟아 내며 오색 무지개색 색 쓰며
가을 궁전에서 단풍 토하며 우린 하나다.
누구야 거리 조절해야 단풍 매력 훨씬 잘 잡힌다고
하나 찍어 디카시로 올린 알파고와 나의 소신공양.

탈린을 지휘하다

애인 손을 잡고 인류 창조 유산 도시 탈린*을 통째로 걸었다.
탈린은 애인 없이 행복하게 거닐 수 있는 곳이 아니었다.
축제 정원으로 때론 인간 박물관으로 사람들과 잘도 놀았고
시가 저절로 그림도 덩달아 뛰쳐나와 악수를 척 청하였다.
애인이 시로 변신하여 음유시인처럼 오래된 골목에서 놀았고
애인이 그림으로 바뀌어 거리 화가처럼 정든 카페에 새겼다.
도시 해독 불가 성인 관람 불가 나체 쇼 불가 불 켜지며
애인과 나 둘이 아닌 듯 동시에 비명과 환호로 답하였다.
오래된 미래 탈린, 세상에서 가장 큰 책이라는 걸 깨닫자
둘 사이에서 이미 잉태된 메시지 뿌리며 마음껏 춤추었다.

* 탈린: 에스토니아 대표 도시.

바오바브 공양

바오바브나무를 파 절을 짓자 별이 들어와 자리하자
별방에서 온 어린 왕자 밤새 별을 세다가 잠들자
사막을 건너온 어머니 이제 별을 부리고 옆에 졸자
바오바브나무 가지로 목탁 만들자 법음 톡톡 내자
어린 왕자가 잠 깨어나자 어머니 등을 자분자분 긁자
시원타 시원타 열반경 읽자 절 숲에는 바오바브 또 크자
비녀 공주 별 노래 부르자 어린 왕자 덩달아 춤추자
어머니 바오바브 바오바브 외자 세상 흙, 불, 물이 만나자
나한상 빚자 흙빛 나한상 빚자 바오바브나무 절에서 빚자
살신성인 쇠로 녹여 굽자 사리 한 되박 만들자 성불이다.

맹방 골프

어느 해 봄날 모교에 갔다.
유년 솔숲에 푸른 눈이 내렸다.
골프장에서 예전 메뚜기 장치기를 하였다.
꿈에 본 그 눈사람과 놀았다.

어마어마한 눈사람이 오는 길 따라
내 분신들 쪼르르 서서 반긴다.
사인도 하고 야광 바다 위 골프도 치며
같이 낄낄대며 노니 참말로 좋다.

준비한 봉투, 챙겨 간 책 박스, 맛있는 거
띄우자 잠자리채로 채듯 마음 바쁘리.
나 푸른 산타로, 반지의 제왕 속에서
골프 지능 스타로 또 올 눈사람 마음 모아 초대하리.

올레 놀이

철딱서니 없는 아이들과
사랑으로 맺은 아내를
서귀포 섶섬에서 처음으로 수繡놓는다.
게를 잡는 손, 바다를 쥔 눈
가족이라는 이름으로 풍경이 된다.
줄놀이 하며 잠시 낄낄대다.
이중섭 겅중겅중 노는 놀이 따라
우영팟 올레에서 힘주어 화폭畫幅에 담는다.
아라리 이어도 잠녀처럼
거욱대 은혈자물쇠 푸는 심방처럼
서우젯소리 테우 도깨비처럼
자리돔 한치 갈치 파닥파닥 튀고
덩달아 깨금발 들고 아이들 쌩쌩
나도 절로 흥이 나서 게 발 시늉,
드디어 흰 소 앞세우고서 순력도巡歷圖 찍는다.

좀비 놀이

유년 인형을 병든 전나무 바늘이 찌르다 재잘재잘 아이들 소리 병든 댓잎에 짤리다 산비알 운동장 그림자 병든 햇귀에 베이다 코고무신으로 모래 파던 요정 병든 회초리에 시들다 실뜨기 팽이치기 기마전 놀이 하던 또래 병든 흙먼지에 묻히다 꼴머슴 풀 따먹기 동자승 살 훔쳐보기 글쟁이 별별 채집하기 병든 정원*에 사라지다 살아서도 한참 산 어머니 폐교** 병든 학이 산자락 시치다.

좀비 학교에는
벌떼처럼 한쪽 뇌만 파먹는 시詩시딱딱이 달려들면서
시퍼런 칼날로 편향 교과서를 마구 찢고 있다.
또 좀비 학교에는
고래처럼 춤추는 말뚝이 굴렁쇠처럼 굴러가는 지랄 방산시詩
피 퍼먹고 시집 물어뜯으며 금 간 책상 쪼개고 있다.
게다가 좀비 학교에는
장승처럼 꺼벅꺼벅 부라리는 시詩편 아귀들
살점 베어 물고 녹슨 시 교실에서 길길이 날뛰고 있다.

* 이어령 영인문학관.
** 오탁번 원서문학관.

홍콩 템플스트리트

불빛 때문에 살이 붉어 좋다.
광둥 오페라가 덤인 줄 알았는데
점집, 약초상, 야동 노포, 잡놈 그림
포장마차조차 오페라 소품이다.
오페라 주인공이 되어 장사꾼으로 논다.
골라 골라 백색 유혹 싸다 싸다 금색 유혹
춤추며 홀리는 호객 행위에 더욱 뜨겁다.
깎는 재미, 흥정의 고수, 이문의 쾌감
불빛 더욱 달아오르자 구워진 노래가 생생하다.
우리는 각자 탈을 쓰고 몸으로 돈을 쓴다.
돈통을 메고 시장 바닥을 돌며 구걸한다.

오페라하우스에서 눈매 살짝 찢어진 가수가 누드다 매혹
적이다 뻗친 성기를 달래며 노래 부르는 관객이 절규의 뭉
크다 백남준과 김구림이 전자오락에 열중하다 돈신 달마도
끼어 배팅한다 오페라하우스 블랙잭 대박에 사내 고수가 누
드다 매력적이다 벌어진 성기를 덮으며 마음껏 웃는 이모
가 파격의 피카소다.

회소곡 1

모이소* 모이소 큰길쌈 뭉쳐 다리소.
팽팽한 경합에 다 같이 마음껏 힘쓰소.
삼으소 삼으소 큰길쌈 공들여 밟으소.
팽팽한 맞짱에 서로들 신나게 당기소.
서라벌 한 마을 얼굴들 거울처럼 어리오.
황룡사 종소리 탑 그늘 널리 드리우소.
월지에 비친 달덩이도 야무지게 건지소.
화랑 풍류와 짝 이룬 큰길쌈 거듭 짜시오.
아소 공들여 짠 옷감 만큼 번져 가는 대동놀이
누가 누가 이겼나 어느 편이 목숨 걸고 이겼나

* 모이소[會蘇] 노래. 유리왕 9년조 회악會樂(『삼국사기』).

제3부 노르웨이 효스폭포

술추렴
─지천芝川 오탁번

횟배 앓는 눈 맑게 또리방또리방
달팽이 데리고 놀고 방아깨비 쩙다가
제천 백운의 별 촘촘히 시치다.
키 크다 만 몸 자분자분 가운데 힘줄
엄마와 누나 선생 얼굴 겹쳐 살아나다가
원서문학관 책꽂이에 압화처럼 꽂힌다.
바람개비 들고 뛰며 천등산 지도 읽고
연 날리며 희떱게 의병까지 불러내다.
물컹한 보따리 풀자 색상표가 거기에,
찍어 보란 듯 인문학 연보로 부른다.

　3차 후 천문에 바래다 드렸거늘 꼬들한 족발 들고 갔거
늘 1차에 이미 거지반 취해 눈발이 덮였거늘 동복 오씨 내
력 당신 이름 내력 강의했거늘 2차 갓길 가게에도 취기 탓으
로 힘 빽 시 맛깔스러운 시를 진담했거늘 술래 안주 삼아 오
탁주와 담배로 번번이 순백의 길을 냈거늘 3차 잔끼리 서로
부비며 곤드레만드레 4차 기약하고 떠난 자리 세 차례 이리
했거늘 다시 새초롬 은하계 행성에 술판을 벌여야 하거늘.

제천역

철길 옆 시락국집 아득한 맛을 꺼내는 시절
제천역에서 제천 사람들 투박스럽게 탄다.
눈비 내린 날은 더욱 그리운 사람들 마중한다.
오고 가는 눈빛 속에는 의병 하다 온 사람들도 있다.
철길 건너 칼국숫집 칼칼한 입맛 다시는 흑백 추억
또 제천역에서 제천 사람들 참 의롭게 탄다.
광장 바람 흩어지는 날은 사랑스러운 사람들 맞이한다.
꽉 악수하는 사이에는 약초 팔다 온 사람들도 있다.
제천역, 예전의 목소리도 개찰하며 붐벼서 출발선이다.
더욱이 청풍명월 자드락길, 의림지 삼한 초록길로 이어진다.

점심 낙점

밥 뜸 들인다고 기다리는데
또 밥 먹자고 전화 온다.
공양간 김 모락모락
전화 화두 타고 온 밥 냄새에
정신이 밥빛처럼 맑다.
밥상머리 설법 혀가 먼저 간다.
밥은 밥인데 밥이 미친다.
밥통 밥통 톡톡 치자
밥 생각 저절로 풀린다.
밥도둑 여럿 눈 굴리고

마음에 점 하나 찍는 날
저리도 싱싱한 푸성귀 몇 잎
눈 온 고요에 시를 쌈 싼다.
점 속에 씨앗 다시 발화한다.
밥알에서 찰나의 눈시울 보다.
드디어 무럭무럭 자라는 것
내가 거기에 있어 네가 자란다.
대견스러운 자세로 점을 또 찍는다.

화엄 나무

지금도 마주하여 눈 맞춰 온기 더하자
잠시 하늘 한편 내려와 사방을 가린다.
뒷산 산티아고 공원 밤나무
평소 눈길 한번 받지 못하다가
가을 추석 무렵 벌떼처럼 달려든다.
그녀도 무리 사이에서 밤을 줍는다.
밤알, 밤송이 안에서 떨어지자 손을 탄다.
난 그 밤 받자고 사닥다리 타고 오른다.
그녀가 준 밤, 들킬까 조마조마 붉어진다.
가을이 확 들어와 눕고 밤송이 가시에 아프다.
그녀가 건넨 밤, 품에 안아 보자 화엄경이다.
화엄경 선재동자 손에는 밤 한 톨 떨어뜨리기 위해
밤나무 밑줄에는 사랑 한 올 틔우기 위해
천 날을 공들인 눈빛만이 있다.
화엄 구도행 구절구절 걸린 채 다투던 공원,
추석 지나자 밤나무 향하던 눈길이 없다.

알까기

와와 성취감을 자축하자
목이 걸리고 불꽃 터진다.
제기차기 자세로 알 까고
엎드려쏴 하자 마구 알 튄다.
밤낮 눈비 속에서 정조준
대결의 끝, 끝 선을 넘어 살아난 알
그 알을 품자 폭죽처럼 내 안에 잔치
마음껏 스스로 놀고 논다.
놀이판 줄 없이도 알 잘 튕기고
힘줄에 눈빛 더하자 탕탕 여럿 죽는다.

접문을 향해 돌진하다가 넘어졌다 산문의 문지기 충돌
하다가 돌아섰다 바랑 메고 경전 읽다가 잠들었다 문이 열
리자 대웅전 참배 별이 쏟아졌다 법정 길상 별도 탑돌이 마
당 돌고 이어령 영가 별도 굴렁쇠 굴리며 날고 이성교 성모
별도 술래잡기를 하고 김지하 마고 별도 그네뛰기 높이 오
르고 김형석 미래 별도 수영하며 놀았다 우주 뜨락 별마다
알 깠다.

노르웨이 효스폭포

순간 유혹하라.
요정이 안내한 열차 뚜껑 열리자 치마폭 굉음
훌드라 탓에 눈이 시리다, 경배하라.
풀롬 낭만기차*에서 이탈하여 춤추어라.
다 벗지 않으면 얻을 게 없고
더군다나 절정의 맛 보지 못하리라.
치마 속 깊은 데까지 드러내는 저 장관
물벼락 전라에 미쳐라. 목숨 여행은 찰나다.
물맛에 마음이 뚫린, 빠진, 못 견딘 형용사
그 하나 주워 다시 요정과 열차에 오른다.
형용사는 자꾸 양 소리를 내어라.

* 북유럽 노르웨이 열차.

아바타 김복업

아리랑을 화면에 새기라고 살짝 캐머런에게 주문하였다.
그는 지독하게 말을 듣지 않고 숲에서 바다로 도망쳤다.
그의 바다 메타버스 정원에는 더 이상 쌍어가 없었다.
쌍어 싣고 실크로드 타고 온 허황옥 가족은 가야를 지켰고
수로왕국 메타버스 영상 속에 님의 이목구비를 새겼다.
사카모토 류이치 보고 아리랑을 연주하라 주문하였다.
베일 속에 목숨 걸고 준비하였지만 끝내 아리랑을 지웠다.
그의 생전 모래시계, 죽음의 선율을 은행에 저장하였다.
우리는 저마다 인공지능에다 이미자 여자의 일생을 장착
하였고
　명량 한산 노량 메타버스 바다엔 아리랑 님을 다같이 불
러 세웠다.

　또 우리는 아직도 맹방 바다에서 조개 줍기 자맥질하기 노
젓기 고래 잡기로 파란 바다에 누워 파도를 타고 있다 방점
찍듯이 김복업 너는 파도를 몰고 멀리 떠나가고 있다 우리 손
길도 정든 집도 내려놓고 분신의 간절함도 마다하고 홀로 물
결을 타고서 물의 나라 지키고자 한 너의 꿈 아바타 탄생임
을 기억하리라.

생전예수재

님이 호명하여 법문 공부로 출가한 당신[*]
법비 설설 날리는 날 훈민정음 새로 만든다.
미수에 이른 날 소신공양 한 점 찍어서
온 누리에 홍법 등불로 한글 가람 한 채 짓는다.
님이 대신하여 원효 환생시킨 듯
공연 문화 용맹 정진 우뚝 대들보 세운다.
공부가 삶의 최고 수행임을 믿고서
천강해인千江海印에 판소리 땅설법 크게 펼친다.
미수에 책판 찍어서 좋아하는 사람들 불러
님 산화공덕의 생전예수재 미리 점지한다.

[*] 사재동 교수.

삼척 식해食醢 사뇌가

버무려 찬 바다 결 버무려 물고기 떼
깊이 결 삭을수록 쫀득
버무려 눈 사랑 버무려 마음 얼음,
오래 섞을수록 쫀득
독도 기댄 명태 울릉도 헤엄친 가자미
혀끝 씹을수록 쫀득
쫀득쫀득 맛 따라 철 따라
바람 굴러 꾸덕꾸덕 노란 참쌀 버무린다.
비탈밭 노르스름한 메좁쌀밥에 녹는다.
맨밥 올린 상차림 식해 한 접시와 겨울 숭늉 한 그릇.

사노라면

마스크 뚫고 만나야지요.
미치도록 나눠야지요
봄밭 생기, 다투어 피어나
짧게 숨차고 푸르른 날,
때론 다시 서로 목숨줄 놓고서 묻지요.
도끼날 흑요석 날 들고 싸우듯
입속 가시 돋도록 이야기하지요.
라면 광고판 사노라면 밑에서
봄밤에, 노란 꽃잎 떨어지는 자리
깊게 파인 달그림자, 다시 새기지요.
맹방 유채밭 마스크로 갈아 덮는 날.

상원사 적멸보궁

긴장 풀리자 돈이 쏟아졌다.
피 터지는 싸움에 정직은 소멸되었다.
다시 긴장 고조되자 돈다발이 튀었다.
머리 싸움에 진심은 증발되었다.
밀리는 싸움, 드디어 죽음뿐이다.
오직 이기는 싸움, 살아 있음이다.
칼날 끝의 승부 아슬아슬, 거짓과 진실 게임
서로 베이는 동안, 매혹의 지존 꽃 피었다.
그러니 누가 권좌를 몽땅 걸고 싸웠다.
저 퍼떡이는 싸움의 달인이여.

통리역

도계 철암 블랙다이아몬드 시절
통리재역이라 부르며 사람들 탄다.
눈이 내린 날은 눈비탈 사람들 개락,
위 철길과 아래 철길 사이로 미끄러져
위에서 구르면 아래서는 눈물 길 탄다.
아래에서 오르면 위에서는 한숨 길 탄다.
몸으로 길을 내며 철길 그래도 잇다.
이어진 아리랑길에 기억이 미끄러진다.
지금은 기차놀이 하듯 기차도 비탈을 탄다.
이제는 보따리 짐도 누워서 길을 탄다.

폭설 온통 축복이다 통리 지나 신포리에서 탄부 정일남
월천 이성교 외교 진인탁 대모 손용순 교학 노영칠 혈죽 이
원종 검은 굴에서 나와 오르다 저마다 장자, 예수, 공자,
지장, 허균 데리고 탄탄 막장에서 나와 오르다 손에는 시
집 들다 설국열차 갑자기 서자 눈 폭죽 터지다 눈사람만 가
득 싣고.

여왕, 봉정사에 온 까닭

자리마다 제 역할 다하려고 애쓰는 여왕[*]
바다 하늘 너머 인연 데리고 온 속뜻 건다.
경계를 지우고서 보이는 동서 불이不二문
여왕 미소 산빛처럼 번져서 삶의 부적이다.
고마움 경배하자 선재동자 맨발로 화답한다.
절 뜨락 더 빛나도록 꽃비 그냥 내리고
둘러싼 산마루 잎들 연초록 마냥 손뼉 친다.
여왕, 대웅전 지금 꽃 진 자리에서 성불된다.
기왓장 보시한 여왕 마음은 절나무로 크는데
남긴 글도 해마다 봄맞이 절 꽃으로 등 달고.

[*] 엘리자베스 2세 여왕(25년 전 봉정사鳳停寺 방문)은 '조용한 산사 봉
정사에서 한국의 봄을 맞다'라고 적었다.

오십천 줄불놀이

백두대간 두루 만지고 온 바람
굽이굽이 오십천 타고서 힘차게 때린 절벽
천 길 절벽 위에 집, 이승휴 죽서루
고려 바람에 더욱 우뚝하다.
절벽에 새긴 선유 놀이 기억,
그 절벽을 타는 달밤의 서커스 줄불
김홍도가 미쳐 붓으로 그려 놓다.
조선 바람에 드디어 만 길 면벽되다.
활활활 타 내리는 바람꽃이여
사랑 떼불 획만 절벽에 파악파 찍어 놓다.

삼국유사 수로부인

경주국립박물관 안 수레에 탄 토우가 수로부인이다 순공도 손 놓고 용한테 약탈당한 날 용궁의 산해진미 마음껏 먹는다 절대 미인 수로부인 철쭉 머리에 꽂고 용왕과 논다 주선 밥상 차릴 때마다 해향 탓에 바다가 넘실거린다 심우도尋牛圖 건다 실직국悉直國 깃발은 여러 사람들 입을 통해 검은 장막을 녹인다.

자태 뒤 동해 수평선이 그어진 깊이
눈부신 마음 철쭉과 대면하자 황홀하다.
용트림에 빨려 환희의 용궁으로 간 사연
홀린 마음 용과 엉키자 빠지고 빠진다.
찬양하라 향가 여럿이 노래하라
태양을 녹일 기세로 세차게 노래하라.
중구삭금衆口鑠金,
경구 하나 남겨 놓고 떠난 자리, 용꽃이 핀다.
임원항 산마루에는 사람 부르는 바람꽃이 운다.
나는 이 해안선을 달리며 금메달을 따고 싶다.

제4부 통도사 소금 단지

탄광 아리랑

절터만 남긴 눈밭의 도계 흥전사,
구슬치기와 깡통차기에도 검은 금돌로 논다.
시인*이 파내는 광맥 막장에서
눈에 반쯤 녹은 동백 아가씨도 시집으로 논다.
삼탄표 구멍에도 활활 불길 솟자
오징어 굽기 상다리 두드리기 중 시편만 남기고 있다.
시인의 교과서가 검은 눈물 젖는 시맥 광장에서
낡은 갱목 녹슨 벤또도 시경詩經으로 또 남는다.
정일남, 이름에는 황금 백두대간의 푸른 불꽃이 있다.
그 불에 잘 구워진 시 동자들, 길 나서기 바쁘다.

  시 알파고와 앉아 그의 시를 마시며 연탄불 삼겹살 먹는
다 살점을 씹으며 철암 장성 언저리 간이식당 한쪽을 찍는
다 셀카에 앙상하게 박힌 몸 그런데 시인의 구두 밑창이 없
다 그 빈자리에 시 노래가 일행을 불러내게 한다 알파고 찾
아 준 흘러간 아리랑이 그의 시와 같이하는 날 정육점 목재
소 톱날 겹쳐 시집을 파쇄한다 피 먹은 시집인데 시구절 방
울방울 영롱하게 빛난다.

  * 정일남 시인.

대모산

엄마를 불러 보고 싶거든 대모산을 올라 보라.
가을 꽃무릇 보듯 애인 꽃 보듯
깔끔하게 붉은 몸 만들어 자리하는데
나를 멍때리며 걷자 알밤 바구니 내밀겠다.
엄마를 만나 보고 싶거든 대모산을 올라 보라.
가을 꽃댕강 찍듯 이름 꽃 찍듯
댕강댕강 날씬한 몸 만들어 흔드는데
또 나를 죽비로 내리치며 걷자 알곡 바구니 내밀겠다.
엄마야 하자 메아리로 아가 아가 화답하는 산,
그 산에서 허울을 내리고 알짜를 채우겠다.

코펜하겐 인어 공주

황소를 끌고 달리는 게피온,
땅을 팠기에 섬이 나라가 되었구나.
바다 줄여 디자인한 인어여
그대가 재즈 축제에서 게피온과 그랬듯이
안데르센과 동화 속 춤을 추었구나.
왕자와 사랑에 빠진 마리나
마녀를 찾아가서 인간이 되게 해 달라고 속삭이듯
해신 인어한테 남성을 숭고하게 바쳤구나.
남성 대신에 받은 사랑 칼을 받아들이며
다시 길을 나섰다, 오래도록 섰다.

창녕사가 살아 있다: 유희나한도遊戱羅漢圖

심사평에는 1% 떨어진 모서리가 접혀 있다.
접힌 허리 사이 눈발이 날려 몹시 시리다.
창녕사 터 500 나한들이 반쯤 눈 모자를 쓴다.
기도하던 지장보살 돈 세듯 심사평을 듣는다.
나한들 호주 동행 아주 특별한 예우 받으러
남한강 강바람 시리게 품고 모델이 되어서
아하 돌덩이도 부처 되어서 여권 심사 받아서
비탈 보살 바위 보살 아리 보살 누리 보살로 떠난다.
얼굴들 분장하지 않은 척 천 년 눈 맞은 기분으로
마음 역시 눈바람처럼 놓아준 대로 만 년 심사한다.

시시콜콜 노는 아이들
그 눈에 별부처 촘촘 어리다.
탑 짓는 놀이에 시끌벅적,
그 끝자락에
탑 그림자 드리운 녹색 풀밭 샘이다.
샘* 안에 부처별 뜨자
뜰채로 잡겠다는 아이들 투덜투덜
마음 달랠 소리 휘리릭
눈부처, 불샘[佛泉]에서 첨벙첨벙 놀다가

나한동자관음도[**] 화들짝 펼친다.

[*] 「월유경月喩經」, 『잡아함』 41권.

[**] 영월 창녕사 출토 오백나한상.

이성교

1.

님 별 되신 부음에 엄청 울었다.
코로나 침투에 아흔 생애 속수무책
바이러스한테도 설교하실 경지인데
문턱 넘지 못해 별나라 아롱아롱 멀어졌다.
님 지은 시 다시 조목조목 읽고서 또 울었다.
울지 마라 다감다정 전화 울릴 것만 같은데
강원도 바람으로 더 크게 무척 무진 울었다.
운다는 게 시 활자로도 길을 내었고
울음 길에 삼척 월천 상여로 요단강 건넜고
별 길 가는 사이에 님 시화詩畵 따라 울었다.
건데 영성의 빛으로 복음의 미소로
다시 올 세상, 백두산 가는 길에 만났듯이
님 만날 날, 셈하듯 오래오래 다짐하면서 울었다.

2.

곰칫국 명탯국 멸칫국 그릇마다 바다 끓다 오징어 이리
곤쟁이 젓 좁쌀 식해 바다 삭다 다랭이 쌀 비탈 보리 겨떡
옥수수 막걸리 바다 타다 뒤뜰 장날 삼베 교가 장터 엿 호산
장마당 미역귀 바다 울다 운동회 달리기 마을 메나리 이천

폭포 천렵 바다 놀다 스승이 본 하늘 바다 산 저토록 남아 다
시 시詩 눈을 세우다 아득히 벗어날수록 또렷또렷 날을 세우
고 달려오던 정취산하 큰스승 거기서 다시 시집 지으리라.

　강원도풍으로 고만고만 자리하였다.
　참스승 길에는
　우계 이씨 송곡 이서우 할아버지처럼
　천은사 동안거사 이승휴 민족시인처럼
　삼척풍으로 도란도란 들려주며 새겼다.
　참스승 길에는
　미당, 장호, 실곡* 마루처럼
　서정풍으로 차곡차곡 시詩 켜를 높였다.

　3.
　영생 영성 영혼
　그의 운동회에는 낯익은 얼굴들이 있다.
　다들 눈물의 밧줄을 탄다.
　해바라기도 따라 달린다.
　끈을 잡고 곡예하고
　선을 잡고 바다를 달린다.

곰칫국, 시원한 맛으로 달린다.
강원도 바람으로 감자 바위처럼
조금 늦게 달린다.
넘어졌다. 파도가 덮쳤다.

* 실곡悉谷 진인탁.

에밀레종 사뇌가

마스크 써도 여전히 예쁘게 안기는 너
놓칠 뻔한 길목 소리와 너의 넉넉한 마음
세상이 미쳐 돌아가자 너를 다시 찾다니.
신라 만파식적 새겨 넣자 너의 1000살 울림
눈발 격리 발령 듣고 찾은 늦겨울 경주,
눈에 푹푹 빠지는 날 너도 마스크 쓴 채
아무도 찾지 않은 박물관 오후 절마다
기회 엿보다가 너의 몸을 살짝 때리자
와장창 눈 폭탄 소리에도 아무도 너를 모르다니.
아 마스크도 간혹 신라 웃음, 소리 싹을 부르다니.

재담가 김뻑국 웃음

생전 님 만남 탓에 무진 무진 웃었지요.
남루의 마당에서 웃음 가루 눈부시게 날렸기에
어디든 소리 몸짓으로 신바람 나게 놀았기에
코로나 바이러스에서도 웃음으로 잘 녹였지요.
재담 뿌려 웃는 꽃을 방방곡곡에 피웠고,
아리랑 놀이로 이 땅 사람들 잘 살게 하였으니
부음에도 울음 반 웃음 반 님 떠올렸지요.
넉살 말투 아라리 목청 재치 엮음 잔치로
어리어리한 재담 박물관 한 채 멋나게 세워 냈지요.
님 지은 대문 안에는 놀이꾼들 추임새를 높였지요.
뻐꾹새 와서 초혼하니 아 적막산천 절절하네요.
님 부디부디 웃고 울었듯이 왕생극락 빌고 비네요.

책쾌

책 보따리 지고 새해 하늘 쳐다보면 주루룩
길을 나서 길 위 시장에서 책을 읽고 판다.
책가방 들고 마른하늘 다시 쳐다보면 찔끔찔끔
눈비 범벅 속에서 사연을 이야기하듯 판다.
책장 수레에 싣고 별 뜬 하늘 쳐다보면 총총
어둠 접어 고갯길에서 목숨 시간을 판다.
책 마을 책 나라 새벽하늘 쳐다보면 반짝반짝
공부 길 눈동자 살아 있어 전기수에게 한 쪽 판다.
드디어 알파고 로봇 조심조심 책 판다.
이 장 저 장 길 넘어 아리랑 책 길 아주 느리게

탕곡별곡

탕곡은 가곡절경의 꼭짓점이네.
조붓한 골짜기답게 온천이 솟네.
이름표처럼 끓어넘치는 곳,
그 마을에서 시인*의 혈穴을 보았던 것인데,
그와 나눈 시운詩韻이 나무 시비가 되어 자라네.
탕곡은 삼척가곡의 끓는점이네.
은혜롭게 산 메아리가 온천이 되네.
그 집 마당에서 시 박물관을 꿈꾸었던 것인데
아직도 면사무소 뜨락 시인의 분신 시비를 읽으며
그와 찍은 시연詩緣이 또 다른 길을 키우네.

* 이용대 시인.

내가 좋아하는 놀이

나는 놀이하는 천재를 좋아한다.

나는 천재의 잔머리를 좋아하지 않는다.

때론 덜 깨친 천재의 재치를 좋아한다.

절망을 모르는 것처럼 반짝이는 혜안으로 즐긴다.

즐기는 만큼 천재의 놀이는 재미있다.

남에게 선사하기보다 자신에 충실하느니.

목숨을 걸고 놀이를 즐기는 그.

나는 그러한 모습을 너무 좋아한다.

너무 가까이서만 보면 지루할지 몰라

그와의 적당한 거리에 서서 그의 몰두를 본다.

그는 시퍼런 칼날은 숨기면서 여유롭게 흔들리지 않고

그는 오줌 찔끔찔끔 싸면서도 태연자약으로 거기 있고

이처럼 의연한 천재가 있어 세상이 아름답다.

나는 놀이하는 천재를 내 마음에 키우고 있다.

그는 언제든지 내 마음속에서 행복해한다.

나와 천재는 둘이 아닌 것처럼 사느니.

도이수텝*을 노래하다

황금색 가피의 절정이다.
황금 나라 치앙마이를 연주하자
황금색이 나의 오랜 기억을 불러내는구나.
도이수텝에 놀러온 수행자들
참으로 오래 절하는구나.
황금새가 날고 황금 나무가 자라
황금색 경전 박물관이 되었구나.
나의 오랜 이야기를 황금색 채디에 꽂자
황금성 치앙마이를 한껏 흔드는구나.
황금색 절 마당에서 오체투지 중인 어머니,
도반들도 알아보고 너무 좋아하기에
어머니 황금관 황금 수건 황금 가지
나의 황금 핸드폰에 가두어 가고 싶구나.

* 도이수텝: 태국 치앙마이 대표 사원.

흥국사의 원효 불빛

북한산 원효봉에서 본 불빛 솟은 자리,[*]
마스크 쓴 약사여래 만나는 날
떡갈나무 숲 도반과 걷다.
절 둘레길 만나는 눈부신 버섯 한 쌍
전생 사랑 피우지 못해 절 뒷길에서 다시 솟은 연줄,
그러나 손길 타지 않게 독 탈을 쓰고 있다.
무위당無爲堂 청암토굴 화두
먹는 버섯 탈, 먹지 못하는 버섯 탈 둘인데
절 계단을 오르며 본 불이不二
내려오면서 꽂힌 원효 해탈의 빛이여.

[*] 고양 노고산 흥국사의 '약사전'.

서출지 바위 명주가

잉어가 물고 온 편지*를 받고 울컥 울었네.
서라벌과 하슬라 거리만큼 물이 깊었는데
뱃속에서의 사랑 증표, 남대천 서출지 바위였네.
효심과 연심이 겹쳐 이어 준 명주 사뇌가여.
월지 무월랑 열공, 서출지 연화의 비손 정성
못과 강으로 바다로 다시 인연 바위에 닿았네.
글바위** 낚시에 걸린 잉어, 저잣거리에 팔렸네.
배를 가르자 나온 사연, 두루마리 노래여.
아리랑, 임영 바다에는 물고기를 또 품고서
아리라랑, 뱃소리 따라 여럿이 연인을 기렸네.

---

* 명주溟州(지금 강릉江陵)의 김무월랑金無月郎 민요. 「악지樂志」, 『고
  려사高麗史』.
** 남대천 하구 서출지書出池 바위.

통도사 소금 단지

불씨, 불꽃의 미혹에 거듭 휘둘리고
겹겹 첩첩 군상의 불안을 떠돈다.
멋모르고 떠돌던 화병火病에 매달리고
다시 만 장의 물결을 딛고 그대 앞에 선다.
자존의 불사佛寺 난간마다 소금 단지,
그대 앞에 올린 뜻은 묻지 않아도
천년의 시작 탓에 순간마다 깨닫는다.
그대 앞에 버티어도 품을 수 없는 소금 단지.
통도사, 이름 뇌자 소금물 자르르
마음 한편을 씻고 씻어서 말리자 적멸 장엄.

단오 무렵 공양하는 날 소금 단지 비우고 채우고 절하는
마당에서 전생 도반 불러 보았다 도반과 동행하며 절마당
두루 돌았다 도반의 덴 눈으로 바라보았다 목숨초 불로초
윤회초 원효초 자랐다 빗자루로 쓱 쓸었다 갑자기 동자들
뛰쳐나와 놀았다 도반과도 어울려 땅금 그으며 깨금발로 놀
았다 이게 사명대사 땅설법이라고 도반이 말했다.

곤쟁이

실종된 불새우과 땅땅 곤곤坤坤,
도감에도 사라졌다.
파도 친 자리에 바글바글하던 너.

전단지로 광고하자
색바랜 사진에 깨알처럼 나타났다.
바다 모래 먹고 자랐던 너.

모래를 시멘트 공장에서 퍼 가자
해안선은 구겨진 것처럼 버렸다.
체 떠서 항아리로 팔았던 너.

바다를 발로 밟아 채로 뜨자
생생한 물기 대로 혀끝으로 올라온 미각,
더는 만날 수 없는 화석처럼 굳어진 너.

제5부 전곡리 주먹도끼빵

전곡리 주먹도끼빵

연천 전곡리에서 그 사람 검은 안경테* 본다.
아슐리안 주먹도끼빵을 원시인 셋이 나누며
무장해제하듯 시간 여행에 옷을 소리 내 벗는다.
전곡 울어리 부르자 쌍겨리로 화답한다.
연천 전곡리에서 그 사람 깨알 메모지 읽는다.
몽골리안 슴베찌르개 빵을 셋으로 나누며
종이 연 만들듯 비행접시로 시간을 접는다.
전곡 아라리 부르자 또 쌍겨리로 응답한다.
전곡리 박물관에서 원시인 타임캡슐을 탄다.
셋이 영혼의 빵을 나누며 폰석기시대로 입교한다.

늪 첨벙 숲 너울너울 굴 컴컴 어진이[義] 이루리[成] 넉넉히
[昌] 셋이 한탄강 뗏목으로 붉은 곰을 잡다 어진이 살점 놓고
고인돌에 절하다 이루리 가죽으로 가리개 만들다 넉넉히 곰
뼈에 그림 새기다 셋은 곰을 베어 먹으며 부끄러운 앞을 가
려 춤을 추다 또 다른 분신 하늘빛 땅 그늘 살냄새 와서 드
디어 뗏목**을 다시 버리다.

* 김원룡 고고학자의 유품.
** 「정신희유분」, 『금강경』 제6분.

감자론

폭염 속에 선한 빛 받고자
몸부림친 순간, 그걸 잘 알았다.
태풍 속에 착한 바람 잡고자
오체투지 결기, 그걸 잘 알았다.
홍수 속에 순한 싹눈 틔우고자
망신창이 대결, 그걸 잘 알았다.
비탈 자갈을 밀어내고 자리 잡고자
온갖 공갈과 협박에 견딤, 알았다.
드디어 탱글탱글 몸 드러내는 잔치밭
하지감자 청실홍실 씨드림 잘 알았다.

송화사 가는 길에 걸린 바위와 영월 창녕사지에 나온 나
한 둘이 아닌 하나인 걸 조계사 대웅전 뜨락의 백송과 부석
사 조사당 앞의 선비화 불이不二인 걸 의성 고운사 벽화 호
랑이와 제천 신륵사 용 하나로 노는 걸 감자 인연 따라 알
았다 하얀 감자 자주 감자 색색은 다르지만 깊은 울림은 하
나로 통한 것을 알았다 더구나 하지夏至 길목에서 감자꽃에
는 감자 없고 뿌리에도 감자 씨알 없고 그 줄기에 알토란 감
자 있음을 알았다.

한가위 달

님 둥근 님

올 추석에는
나더러
보름달처럼 뜨라 하네.

고운 달 안기듯 구름 꽃으로도 피우고
은하수 맑은 길도 내고
별들 놀다 가는 길도 내라 하네.

어머니 곡진한 달거리에 맞춰
낮은음자리표 찍고
여름내 키운 낟알로도 비벼 보라 하네.

올 추석에는
나더러
송편처럼 빚어지라 하네.

인삼 아리랑

고연高研 실험실 열정
약재 탐구로 온 세상 누빈 사람,*
그는 연구실 인재와 더불어 산 날을 헤아려 본다.
약학 분야 참 큰스승 지렛대 역할 다하다.

고대사 동이족 인문 여행
역사적 혜안으로 열변 토하며 산 사람,
그는 세명대 인재와 함께한 시간을 또 걸어 본다.
바이오 생명 큰학자 주춧돌 자리 차지하다.

기능성 강화 인삼
그 인삼 몰입으로 깊은 강의 하며 산 사람,
그는 이제 달인의 경지에서 다시 길 열어 본다.
인삼학이라는 이름에 걸맞게 대들보 위상을 높이다.

* 고연 고성권 교수.

또 맹방 바다

확 트이고 차르르 눈 베이는 바다,
그 이유로 대면한 사람들 기억해야 한다.
해당화 뿌리를 통째로 뽑았던 상처 유행
다시 심은 해당화로 씻어 놓아야 한다.
별을 서리한 놀이, 어둠에 따라 쳐다보면서
걸어 들어간 부울* 조개를 감촉해야 한다.
별 뚝뚝 떨어진 몸 경험과 물속 잠행
다시 못 올 배로 마음의 노를 저어야 한다.
늘 넉넉한 바다 수량 파도쳐도 그 자리 해안선
그 선에서 바다로 말없이 돌아간 사람들
그 선에서 바다로 갈 꿈 꾸다 솔밭에 잠든 사람들
숭고하고도 아름답게 톡톡 찍어야 한다.
나는 그 맹방 바다에 서서 그 사람들을 호명하며
여기가 좋아서 아름다워서 찾은 사람들에게
책 서리 조개 서리 노래처럼 읽어 주고 싶다.
해당화 향나무 독도풍 해녀풍 깊은 인연 이야기
마음껏 나누다가 함께 바다 파란색이 되고 싶다.

* 불(벌)로도 불리며 바다 넓은 모래들.

수륙재 땅설법

의상봉 놀듯 원효봉 놀듯

마음 안 의상과 원효 자타불이

진관사 절마당 수륙* 땅설법으로 잠시 놓는다.

청암 수행 화두 몇 개 겹쳐 논다.

또 도반 응수에 꽃잎 하나 좌선 몸소 들다.

화쟁和諍 불을 쬐고 쬔다.

땅설법 공양 스님** 손수 챙긴 소찬

비우자 차오르는 혀의 즐거움.

북한산 기운 받고서 차분차분 추스려

명품 길 구음하며 결기로 다시 나서 본다.

　

알싸하게 매운 냄새 나는 가죽나물 비릿한 향 탓에 호감도 반반 그걸 입혀서 한 판 뒤집다 살짝 데쳐 거듭 참맛 태어난다 세균 바이러스 코로나 잡아채는 음식의 부적이다 강산 풀도 저런 손길 만나 법문 듣고 소신하여 변신 중 진관사 계호 걸작 가죽전 세상에 음식 게임에서 역설의 미각으로 이긴다 한쪽 쏠린 유행병 좌파 잡는 가피의 문화재다.

* 진관사 수륙재, 국가 무형문화재.
** 진관사 계호 스님, 사찰 음식 명장 2호.

가족 응원

피겨스케이팅 빙판 UFO
질주 달림이다.
피겨스케이팅 얼음 불꽃
힘차게 솟는다.
피겨스케이팅 함성 폭풍
누군 순간이다.
피겨스케이팅 메달 치기
색의 차별이다.
피겨스케이팅 막판의 폭발력
골인의 절정이다.

매사에 최선 태몽 속에도 정성 태어남 키움 자람 가족의
울타리 오로지 분신의 미래를 응원한다 핏줄 당겨 오로지
적중 힘줄 팽팽 오로지 명중 밧줄 묶어 오로지 탱탱 꽝꽝 분
신의 생존을 응원한다 미래 게임의 절체절명 키 재기 살아
남기 누르기 방심하면 막막 블랙홀에 빠질까 소멸 희생 자
체도 감수하는 가족 묵시록이다.

산멕이

상두산 잎잎 녹색 잎 찌르듯 눈부시다.
차린 음식 피어올리는 비손,
메나리 한 자락 제물에 올려놓자
그리운 얼굴 불러내 자리한다.
산골짝 집집 정성마다 오래된 별 부르자
복을 잡겠다는 눈짓 손짓 마음짓에
초록잎 새록새록 더욱 흔들린다.
바람 타고 곁에 놀러 오신 조상 얼굴.
상두산 절집* 뒤란에 푸른빛 길을 드러낸다.
산에서 노는 야단법석** 산마루를 넘어간다.

* 안정사.
** 「신중신일대기」, 『땅설법』(구비 경전).

나의 죽서루

벼랑 바위 위 막돌 받침에 올린 기둥
누 싸리나무 기둥 어루만진다.
센 바람 콸콸 강물을 안아서 잠재운다.
허목이 지목한 유희소遊戲所에 걸맞게 달 논다.
벼랑길 따라 죽장사, 영근당 어깨를 마주한 지붕
누 지붕 기왓장 용트림하듯 밟아 본다.
몽골 폭풍 왜란 화염의 소용돌이도 견딘다.
이승휴가 새겨 놓은 풍류장風流場에 걸맞게 용 논다.
죽서루, 살아 있는 우주 보물관 한 채여
뚜뚜 위에서 나의 금강경* 우렁차게 읊조린다.

* '응무소주 이생기심應無所住 以生其心', 『금강경』.

뗏목

동강할미꽃이 떼꾼 소리를 엿듣고 있다.
사랑은 세상사 강물을 어루만지나니
음 자리가 어긋나고 목청이 산을 눌러도
동강할미꽃이 떼꾼 심장을 그늘로 그린다.
동강 물까치가 떼꾼 아라리를 읽고 있다.
사랑은 바위와 절벽 모두를 녹여 내나니
물박 장단 지게 목발 장단에도 덩실덩실
동강 물까치가 떼꾼 곳간을 화폭에 담는다.
마중물, 꽃과 새의 눈물 어린 떼로 맞이한 까닭인데
삿갓 붓 사랑 번지자 몽땅 뗏목 그늘에 태우나니

비겔란 아리랑

비겔란,[*] 부르자 그의 조각품이 일제히 말을 건다.
태어났지만 죽어 봤어 왔지만 갈 줄 알아.
어린애 웃음 엉킨 욕망의 신음에 비를 부른다.
만났지만 헤어져 봤어 반이 날아간 것을 기억해 봐.
늙은이의 근육, 애인 젖 도발, 손끝 비에 녹는다.
물어봤어 갈 길을 돌아봤어 살아온 길을
비겔란 사진 찍자며 내 우산에 들어오자
친구와 애인 아내가 튕겨 나가 비가 된다.
사랑해 이 말이 여기 조각 밥상에 전부란 걸 알아.
비겔란, 노래하자 그의 조각품이 줄줄이 길 나선다.

윤회 조각탑 숨 쉬다 온기 느끼듯 감기어도 따스하다 줄넘기 널뛰기 그림자놀이 까르르 웃는 아이 소리 당구 마작 카드놀이 파르르 조이는 어른 소리 골패 룰렛 음수전 놀이 솔솔하게 싸우는 남녀 소리 공원에는 근육의 모든 걸 건다 잘 빚어 놓은 다르마 화두 숨 쉰다 숲길을 구기고 하늘빛을 접고 책과 성교를 찢어 놓고 전생 업경대도 새긴다 산 밖 그림자 무덤 안 묵언수행 수레에 실은 혈통 수놓는다 조각살 하나하나 분해하는 날.

* 노르웨이 오슬로 비겔란 조각공원.

원효, 설총 낳다

날 선 대물 벌어지자 툭 끼운 도낏자루*
신라 하늘에 달처럼 높다랗게 건다.
공부하다 키우고 키운 도끼질 솜씨
신라 거리 넘어 당나라까지 소문낸다.
도끼날로 총명동자 친견하자 황룡 울음
신라 언어 획획 울린 자리마다 살아난다.
분황사 우물 정기로 도끼 거듭 벼린 다음에
공부 총기 흘러넘쳐 알천에 스며 담긴다.
아으 보시한 어머니 마음은 탑으로 크는데
부자父子 글은 신라 꽃의 화엄 바다로 넘실넘실.

* 도끼 노래. "누가 자루없는 도끼를 주려나/ 나는 하늘을 떠받치는 기
둥을 깎으려네[誰許沒柯斧 我斫支天柱]."

98

한강 아리랑

괴물과 밤비가 사투를 벌이는 물 위, 뗏목을 띄우고
불꽃놀이에 좌로 흐르고 촛불놀이에 우로 흐른다.
밥 밥 먹자고 하자 슬픔이 우우 하자 기쁨이 고개 들고
만세 붉은 소년 제주 바람 냄새, 5월 소녀 풀꽃 향
냄새도 향기도 상처 훈장이 되어 푸른 뗏목으로 흐른다.
괴물의 소녀적 변신, 밤비의 소년적 진화, 화면에 띄우고
인형을 팔고 좌우로 당기며 여전히 박수갈채로 흐른다.
총 총 쏘자고 하자 아픔이 와와 하자 앞섬이 깃발 들고
만세 광장에서의 동무 군가 소리, 지하에서의 뗏꾼 외침
모두 문학 속의 주인공이 되어 흰 뗏목으로 흐른다.

나는 뗏목 바리바리 이어서 한강과 하나로 흐른다.

패션쇼

폼 잡고 무대에 선보이는 몸[*]
몸 움직이는 순간, 눈길이 집중된다.
음악 음표 날리는 짧은 길 위 얼굴
몸과 마음 겹쳐 보이는 찰나, 눈알 튄다.
긴장의 활시위 팽팽 동작의 춤 살살
이미지 연출에 보시 바람과 결기도 따른다.
등신의 균형, 움직임 살랑살랑
아름다움 깃발 무대가 구름 위다.
좋아라 노는 사람 꽃 박수 박수 쏟아져
옷감 색감 흔들흔들 살아 있는 상상 쇼다.

[*] 조정숙 대표.

또 소싸움

수컷들만 밀어 받아 꽝 불꽃 튄다.
불알을 걸고 겨룰 때마다 희열
뿔이 상대를 찍어 내릴 경계 광채
정신 줄 바짝 팽팽하게 당겨져 있다.
서로에게 홀려서 눈알을 발사한다.
죽일 기세로 달려들 때마다 폭발
상대 목을 깊게 강타하자 파란 함성
소싸움, 결판을 바라보는 관중 적의
갈라진 진영만큼 응원의 지진 터진다.

　흥 울창치기 신명 뿔치기 머리치기 들어 돌려치기 모둠
치기 뿔걸이 순간 뻑까기 거시기 찢기 밀치기 휘어 찍기 가
로지르기 목치기 지랄발광하기 공갈치기 가짜 수벽치기 들
치기 팍 찌르기 눈알 파기 옆구리 때리기 마빡이 치기 볼따
귀 때리기 살짝 옆치기 콧등치기 솟아 내리치기 치고 빠지
기 찰나 꽂기 목 겨냥 후벼파기 풍차 돌려 겨루기 세워 조
지기 후려치기 살짝 대다 빼기 연타 뿔치기 주둥이 들치기
목 감아 돌리기

해 설

근원적 질서와 존재론적 지평의 개진
―이창식의 시 세계

유성호(문학평론가, 한양대학교 국문과 교수)

1. 자신만의 페이소스를 통해 걸어가는 외로된 길

이창식 시인의 신작시집 『오징어게임』(천년의시작, 2025)은 오래도록 자신의 삶을 규율해 왔던 기억들과 때로 친화하고 때로 갈등하면서 가장 근원적인 삶의 표지標識들을 상상적으로 구축해 간 미학적 도록圖錄이다. 시인은 남다른 경험과 기억의 심도深度를 통해 자신의 존재론을 설계하고 나아가 삶의 방식을 성찰하는 품을 일관되게 보여 준다. 이러한 설계와 성찰의 연쇄 과정은 끊임없이 그의 시편들을 관철해 가는 힘으로 작용하는데, 그것은 사라져 가는 것들의 한시적 아우라Aura가 아니라 삶이 지속되는 한 나타날 수밖에 없는 필연적 존재 조건으로 승화하고 있다. 그렇게 이창식의 시는 시인 자신의 동일성을 확보해 가는 역동적 파동을 그려 가면서 그 안에서 기억이 주조鑄造해 내는 내면의 활력을 견고하게 내장한 세계라고 할 수 있을 것이다.

요컨대 이창식의 시는 내면의 진정성을 통해 선연한 경험과 기억을 복원해 가는 미학적 세계이고, 그 세계를 고독과 축제, 슬픔과 웃음으로 채우고 있는 실존적 고백록이기도 하다. 시인은 폐허 같은 세상을 살아가는 단독자로서의 두려움을 넘어서는 생동감을 결코 놓치지 않는다. 이러한 것들과의 경험적 동질성에서 발원하는 그는 아스라하게 대상을 응시하면서 자신만의 페이소스pathos를 통해 외로 된 길을 걸어간다. 이때 시인은 탄탄한 지성적 절제를 통해 사물의 속성을 심미적 형상으로 변형해 가는 활력을 보여 준다. 이 점, 우리 시단에서 그를 독자적 존재로 만들어 줄 유력한 형질이 아닐 수 없다. 이제 그 이채로운 세계로 한 걸음씩 들어가 보도록 하자.

2. '놀이하는 천재'와 'AI 시인'의 형상

근본적으로 시는 존재의 결핍에서 상상적 충일로 나아가는 과정에서 씌어지는 언어예술이다. 시인들은 본래적으로 주어진 비극성을 새로운 생성적 경험으로 탈환하는 상상력을 통해 절실한 깨달음은 물론 대상을 향한 한없는 사랑의 마음을 담아 가게 마련이다. 우리는 이처럼 시를 쓰고 읽으면서 삶을 반성적으로 사유하기도 하고 새로운 세계에 대한 간절한 염원을 표현하기도 한다. 이창식의 이번 시집은 이러한 속성을 남김없이 충족해 가는 상상과 경험의 지도地 圖로서, 우리로 하여금 실존적, 역사적 정황을 끊임없이 관찰하면서 몸속에 새겨 가는 수많은 순간들을 만나게끔 해 준다. 그만큼 시인은 밋밋한 기억의 복원에서 벗어나 시인으로서의 자의식으로 나아가는 충만한 장면을 낱낱이 보여준다. 그의 이번 시집이 이러한 입체성과 모험적 의지를 함께 가진 까닭이 바로 여기에 있을 것이다. 그러한 의지 안에서 우리는 실존적 페이소스로 천천히 걸어가는 그의 걸음을 깨끗한 심상으로 바라보게 된다. 다음 시편부터 읽어 보도록 하자.

나는 놀이하는 천재를 좋아한다.
나는 천재의 잔머리를 좋아하지 않는다.
때론 덜 깨친 천재의 재치를 좋아한다.
절망을 모르는 것처럼 반짝이는 혜안으로 즐긴다.
즐기는 만큼 천재의 놀이는 재미있다.
남에게 선사하기보다 자신에 충실하느니.
목숨을 걸고 놀이를 즐기는 그.
나는 그러한 모습을 너무 좋아한다.
너무 가까이서만 보면 지루할지 몰라
그와의 적당한 거리에 서서 그의 몰두를 본다.
그는 시퍼런 칼날은 숨기면서 여유롭게 흔들리지 않고

그는 오줌 찔끔찔끔 싸면서도 태연자약으로 거기 있고
이처럼 의연한 천재가 있어 세상이 아름답다.
나는 놀이하는 천재를 내 마음에 키우고 있다.
그는 언제든지 내 마음속에서 행복해한다.
나와 천재는 둘이 아닌 것처럼 사느니.
—「내가 좋아하는 놀이」 전문

협의의 '놀이'는 게임 같은 특정 양식을 이르지만, 삶의
차원으로 확장해 보면 우리가 누리는 문화 자체가 놀이의
성격을 가지고 있다고 할 수 있다. 아닌 게 아니라 일찍이
하위징아(J. Huizinga)는 '생각하는 인간(Homo Sapiens)'의 규
정을 넘어 '놀이하는 인간(Homo Ludens)'의 속성을 역사적
으로 호명한 바 있다. 이창식 시인은 "놀이하는 천재"를 떠
올리면서 자신은 그의 재치를 좋아한다고 고백한다. 그러
한 재치는 "절망을 모르는 것처럼 반짝이는 혜안"이나 즐기
는 만큼 재미난 "천재의 놀이"로 하나하나 변주되어 간다.
남을 향하기보다는 스스로에게 충실한 그러한 '재치 = 혜안
= 놀이'의 독자성이야말로 "목숨을 걸고 놀이를 즐기는 그"
를 바라보는 커다란 즐거움이 아닐 수 없다. 그의 여유로운
태연자약과 의연함은 어느새 시인 자신의 그것으로 몸을 바
꾸면서 "놀이하는 천재"를 마음에 키우고 살게끔 해 준다.
이제 시인과 천재는 "좋아하는 놀이"를 통해 하나로 통합된
불가분리의 몸이 된다. 결국 이창식 시인은 사유의 인간에
선행하는 놀이의 인간을 흠모하면서 그것을 세상에서 가장

의연하고 아름답고 행복한 실체로 명명한 것이다. 일찍이
스스로 갈파한 "인문 상상력에 힘입어 사물에 민첩하게 움
직이기에 경쾌한 언어유희가 주는 리듬감, 어감 배치를 바
탕으로 하여 때로는 말의 진국을 보여 주기도 한다. 놀이적
상상은 진정성과 재미를 안내한다"(이창식, 「동일성 은유론」, 『미
인폭포』, 문학저널, 2021)라는 시학적 면모가 돌올하게 반영된
장면인 셈이다. 이러한 세계는 다른 시편에서도 훈민정음
의 창제를 두고 "잠든 백성의 가슴에 글 별이 쏟아졌고 숭
고한 글 놀이가 시작되었다"(「훈민정음」)라고 표현하거나 "몸
과 마음 겹쳐 보이는 찰나"(「패션쇼」)를 바라보는 시선과도 연
계된다. 이때 놀이는 한갓 유희라는 개념에 안주하지 않고
가장 원초적으로 몸과 마음에 동시에 존재하는 "깊은 울림"
(「감자론」)을 함의한다 할 것이다. 그야말로 융융하고 가없는
혜안과 천재성이 동시에 번득이고 있다. 다음은 어떠한가.

　　릴레이 투명 인간이 꽃을 피운다.
　　숨결이 따스해 긴장감이 돈다.
　　눈부시게 작동하여 감성을 읽는다.
　　한 줄의 시편에 언어 꽃이 웃는다.
　　톡톡 전승하는 회로에 불꽃이 튄다.
　　전도된 AI에 끌림이 커 시 꽃이 산다.
　　천재 시인들 뇌가 털려 꽃 시에 주사를 놓는다.
　　마치 명작을 위해 총동원령 내린 시 전선 같다.
　　얼굴 없는 예술가 온갖 영혼이 장착되어 있다.

그 순백의 그 지고한 상대가 오로지 나다.

—「AI 시인」 전문

　AI는 최근 우리 사회에서 뜨거운 논쟁을 불러일으키고 있는 기술적, 인문학적 이슈이다. 다른 여러 분야에서도 이 기술의 발전과 보급이 영향을 주겠지만, 시를 비롯한 언어 예술에는 그야말로 큰 변화를 가져올 것이다. 그만큼 AI는 특정한 시사 이슈나 용어, 정보 등을 순식간에 찾아 정리해 주기 때문에 편의성도 리스크도 크다고 할 것이다. 이창식 시인은 바로 그 AI에 '시인'의 비유를 부여한다. "릴레이 투명 인간"은 따스한 숨결과 눈부신 감성으로 세상에 새로운 언어 꽃을 피운다. 회로마다 불꽃이 튀는 순간, 시인도 명작도 새로운 시 전선 아래 도열하고 있다. 그러한 긴장감과 끌림의 과정에서 시인은 이 "얼굴 없는 예술가"가 장착한 "온갖 영혼"을 전혀 다른 차원의 정체성으로 승인한다. 그러니 AI로 인해 불안감이 싹튼 인문적 지성과 그것을 새로운 'AI 시인'으로 바라보려는 예술적 감각이 한 몸을 얻고 있는 것이다. 이 또한 '시인 이창식'의 비유체로서 선명하게 다가오고 있다. 이러한 차원은 시인이 언젠가 말한 "절 계단을 오르며 본 불이不二"(「흥국사의 원효 불빛」)라고도 할 수 있고, 나아가 만물의 근원을 재구축하려는 "동심의 시안詩眼"(「시루뫼 김진광」)이기도 할 것이다.

　이처럼 이창식 시인은 '놀이하는 천재'와 'AI 시인'의 형상을 통해 삶에서 정태적인 안정성을 추구하지 않고 내면 경험의 활력을 언어의 그것으로 바꾸어 내는 심미적 격정을 환기해 간다. 그리고 다양한 형식의 질감을 부여하는 창신의 안목과 그것을 언어의 구체성으로 바꾸어 내는 조형 능력을 동시에 보여 준다. 우리는 그의 이러한 창의적 역량을 통해 대상과 상상력이 만나 빚어내는 역동적 이미지로서의 환상적 창조물을 확인하게 된다. 요컨대 그것은 내면의 활력과 대상의 구체성이 만나는 감각의 생성 과정에서 발원하여 선명한 기억의 밀도를 조형하는 세계로 나아간다. 그리고 우리는 그 안에 담긴 사물과 상상력이 역동적 이미지로 살아나는 또렷한 순간을 경험하게 된다. 그 점에서 이창식 시편의 예술적 확장성은 꽤 무진無盡함을 내장하고 있다 할 것이다.

3. '시인 이창식'의 심미적 기억들

다음으로 이창식 시인은 서정시의 근본 원리라고 할 수 있는 '기억'의 현상학에 매진하고 있다. 이때 '기억'이란 물리적이고 객관적인 시간을 사실적으로 재현하는 원리가 아니라 시인 자신의 현재형이 시간의 흔적을 사후적으로 불러내는 원리이다. 시간의 흔적에 대한 섬세한 기억을 통해 시인은 부재하는 세계에 대한 그리움의 형식을 발견하고 있다. 물론 이와 정반대로 아이러니나 해체의 미학이 나타나는 경우도 적지는 않지만, 시가 기억을 통해 존재론적 동일성을 탐색하려는 속성을 여전히 지니고 있다는 사실은 부인하기 어려울 것이다. 이러한 원리는 유한성을 가질 수밖에 없는 사물의 존재 형식을 통해 혹은 사물이 사라진 후의 잔상殘像을 통해 뚜렷이 니타나게 된다. 시인은 이렇듯 다양하게 산포된 심미적 풍경을 통해 회귀적이고 메타적인 시인으로서의 질문을 깊이 발화하고 있다. 다양한 음색과 음감音感을 통해 그러한 과제에 골똘하게 응답해 가면서 개별 요소들을 하나의 전체(unity)로 조직하는 구성 원리를 취하게 된다. 다양하고 산만한 요소들이 커다란 유기적 전체 안에 알맞게 배열됨으로써 완미한 시적 형식을 이루게 되는 것이다. 이처럼 다양한 시적 요소를 예술적 긴장 안에 치밀하게 배치하는 그 순간, 그의 시편들은 섬세한 미학적 구성물로 훌쩍 변모해 간다.

> 동강할미꽃이 떼꾼 소리를 엿듣고 있다.
> 사랑은 세상사 강물을 어루만지나니
> 음 자리가 어긋나고 목청이 산을 눌러도
> 동강할미꽃이 떼꾼 심장을 그늘로 그린다.
> 동강 물까치가 떼꾼 아라리를 읽고 있다.
> 사랑은 바위와 절벽 모두를 녹여 내나니
> 물박 장단 지게 목발 장단에도 덩실덩실
> 동강 물까치가 떼꾼 곳간을 화폭에 담는다.
> 마중물, 꽃과 새의 눈물 어린 떼로 맞이한 까닭인데
> 삿갓 붓 사랑 번지자 몽땅 뗏목 그늘에 태우나니
>
> —「뗏목」 전문

이 아름다운 시편은 뗏목을 모는 이들의 소리를 동강할미꽃이 엿듣는 장면으로 시작된다. 떼꾼들 노랫소리는 강물을 어루만지면서 들려오고 있다. 비록 음 자리가 어긋나고 목청이 산을 누른다 해도 동강할미꽃은 떼꾼들 심장을 그늘로 그리고 있다. 동강 물까치가 듣는 "떼꾼 아라리"는 그야말로 이창식 시인의 기억에 들어 있는 사랑과 눈물과 그늘 모두를 담아낸다. 어느새 동강 물까치는 떼꾼 곳간을 화폭에 담으면서 '마중물' 역할을 하는데, 그렇게 꽃과 새의 눈물 떼로 맞이하면서 떼꾼은 삿갓 붓 사랑을 뗏목 그늘에 태우고 있다. 여기서 '뗏목'은 '시인'의 은유적 분신이요, 떼꾼들 노랫소리는 '시詩'의 다른 이름일 것이다. 그렇게 시인은 자신의 기억 속에 있는 치유의 힘으로 "사랑 한 올 틔우기 위해"(「화엄 나무」) 지금도 떼꾼의 노랫소리처럼 시를 써 간다. 그 노랫소리에는 "고운 달 안기듯 구름 꽃으로도 피우고/ 은하수 맑은 길도 내고/ 별들 놀다 가는 길"(「한가위 달」)도 내는 개진開陣의 시간도 흐르고, "눈비 내린 날은 더욱 그리운 사람들 마중"(「제천역」)하는 시인 자신의 기억들도 흐르고 있을 것이다. 애잔하게 번져 오는 소리의 예술이 여기 충일하게 담겨 있다.

도계 철암 블랙다이아몬드 시절
통리재역이라 부르며 사람들 탄다.
눈이 내린 날은 눈비탈 사람들 개락,
위 철길과 아래 철길 사이로 미끄러져

위에서 구르면 아래서는 눈물 길 탄다.
아래에서 오르면 위에서는 한숨 길 탄다.
몸으로 길을 내며 철길 그래도 잇다.
이어진 아리랑길에 기억이 미끄러진다.
지금은 기차놀이 하듯 기차도 비탈을 탄다.
이제는 보따리 짐도 누워서 길을 탄다.

폭설 온통 축복이다 통리 지나 신포리에서 탄부 정일남 월천 이성교 외교 진인탁 대모 손용순 교학 노영칠 혈죽 이원종 검은 굴에서 나와 오르다 저마다 장자, 예수, 공자, 지장, 허균 데리고 탄탄 막장에서 나와 오르다 손에는 시집 들다 설국열차 갑자기 서자 눈 폭죽 터지다 눈사람만 가득 싣고.

—「통리역」전문

이제는 폐역이 되어 버린 태백 '통리역' 또한 오랜 시간을 품은 이창식 시편의 은유로 찾아온다. 한때는 블랙다이아몬드 시절을 구가했던 이곳은 사람들과 내리는 눈발, 철길과 철길 사이로 얼비치는 눈물 길로 환영처럼 살아난다. 이어진 아리랑 길에 기억이 미끄러지면서 폭설이 내리고 있다. 폭설은 통리를 지나 신포리에서 이곳 기억을 가진 수많은 사람들의 환영을 덧보태고 있다. 이분들은 저마다 검은 탄탄 막장에서 나와서 손에 시집을 들었다. 눈사람만 가득 싣고 통과하는 통리역은 그렇게 '시인 이창식'의 존재론적 기원起源의 표상을 담고 있다. 통리역에서 떠올리는 이들은 가령 "정일남, 이름에는 황금 백두대간의 푸른 불꽃"(『탄광 아리랑』)이나 "서정풍으로 차곡차곡 시詩 켜를"(『이성교』) 높인 이들로서, 시인에게 이곳에서의 기억이 "세상에서 가장 큰 책이라는 걸"(『탈린을 지휘하다』) 알게 해 준 분들이다.

이처럼 이창식 시인은 뗏목과 폐역을 불러와 오랜 시간 축적된 스스로의 자의식을 토로해 간다. 그에게 '시'는 이렇게 오랜 사유와 감각을 질서 있고 구심적인 차원으로 인도해 간다. 특별히 원초적 통일성을 구축하기 위해 시인은 때로 시간의 속성을 빌리고 때로 공간적 유비를 빌려 자신의 삶을 성찰하고 유한자有限者로서의 고백을 감당해 낸다. 삶의 오랜 기다림을 진정성으로 완성하려는 의지가 차오르는 그 순간은 스스로의 삶에 대한 긍정과 사랑에서 발원하는 세계일 것이다. 결국 그는 자신이 지나온 시간과 마음의 심연을 드러내고 성찰하려는 의지를 고백함으로써 자기 기원을 탐색하고 근원적 사유를 하염없이 이어 간다. 그에게 '시'는 더없이 중요한 존재론적 기원이 되어 준 것이다. 이 모든 것이 '시인 이창식'의 심미적 기억들로서 우뚝하기만 하지 않은가.

4. 지극한 사랑의 관법觀法

나아가 이창식 시인은 자신의 실존적 기율인 신성한 상상력을 지극한 원리로 배열해 간다. 그 과정에서 마음을 일깨우는 치열한 고투의 순간을 낱낱이 보여 준다. 아닌 게 아니라 그에게 사물들은 각솔기성各率其性에 따라 존재하지만, 시인으로서는 이물관물以物觀物의 방법을 통해 그들의 속성을 투명하게 바라볼 뿐이다. 일찍이 불가에서는 언어를 통해 진리에 다다를 수 없음을 역설한 바 있는데, 시인은 이러한 역설의 사유 방법을 일관되게 적용해 간다. 이때 언어는 '침묵 너머의 침묵'으로 작용하고 있다. 결국 시인은 대상에 대한 지극한 사랑의 관법觀法으로 시를 써 가면서 궁극의 세계를 깊이 상상함으로써 그 세계를 내면에서 구체화하는 기능을 수행하고 있다 할 것이다.

> 마음 무게 지고서 힘들게 찾아온다.
> 고갯길로 이어진 약사여래불 행렬
> 봇짐 발걸음 고등어 등짐 지게 발
> 구불구불한 길의 면모를 드러낸다.
> 아리랑 절창으로 읽는 하늘재 높이
> 별별 쏟아진 곳에, 풀이 바람 칼이다.
> 가을 사과 탱글탱글 막사발 걷기 행렬
> 앞서간 바람 회초리의 흔적을 좇는다.
> 하늘재 다시 솟아난 여래 불심 화두여
> 용서하고 다시 누워 하늘눈 헤아린다.
> ―「하늘재 가는 길」 전문

충주 '하늘재'는 대체로 마음 무게 지고서 힘들게 찾아오는 곳이다. 고갯길로 이어진 약사여래불 행렬이 그동안 여기를 거쳐 갔을 수많은 발걸음들을 간직하고 있다. 그 구불구불한 길은 시인으로 하여금 "아리랑 절창으로 읽는 하늘재"를 발견하게 해 준다. 별이 쏟아지고 바람 회초리가 앞서간 시간의 흔적을 좇는 하늘재에서 시인은 "다시 솟아난 여래 불심 화두"를 붙잡고 하늘눈을 헤아리고 있다. 그렇게 하늘재 가는 길은 이창식 시인에게 "천강해인에 판소리 땅설법"(「생전예수재」)을 듣게 해 주고, "선한 도반의 목소리 카랑카랑 퍼지는"(「덕온 게송」) 순간에 "경계를 지우고서 보이는"(「여왕, 봉정사에 온 까닭」) 불이不二의 세계를 선사하고 있다.

상두산 잎잎 녹색 잎 찌르듯 눈부시다.
차린 음식 피어올리는 비손,
메나리 한 자락 제물에 올려놓자
그리운 얼굴 불러내 자리한다.
산골짝 집집 정성마다 오래된 별 부르자
복을 잡겠다는 눈짓 손짓 마음짓에
초록잎 새록새록 더욱 흔들린다.
바람 타고 곁에 놀러 오신 조상 얼굴.
상두산 절집 뒤란에 푸른빛 길을 드러낸다.
산에서 노는 야단법석 산마루를 넘어간다.
　　　　　　　　　　　　　　　　　—「산멕이」 전문

강원 영동 지역에 전해 내려오는 산악신앙의 일종인 '산멕이'는 문자 그대로 산을 먹이는 행사이다. 삼척 상두산 안정사의 뒤란이 푸른빛 길을 낼 때, 시인은 눈부신 녹색 잎, 정성스러운 비손들이 그리운 얼굴을 불러내는 순간을 목도한다. 그렇게 바람 타고 놀러 오신 조상 얼굴을 통해 그야말로 산에서 노는 야단법석이 산마루를 환하게 넘어가고 있다. 이처럼 '산멕이'를 통해 산 자와 죽은 자가 소통하고 만물이 조응하면서 야단법석을 이루는 신명의 차원이 펼쳐지고 있는 것이다. 이러한 역동성은 이 땅에서 생명을 나눈 이들끼리 다시 만나 이루는 사랑의 순간에 가능했을 것이다. 이러한 사유 방식은 가령 "전생 사랑 피우지 못해 절 뒷길에서 다시 솟은 연줄"(「흥국사의 원효 불빛」)이나 "자존의 불사佛寺 난간마다 소금 단지"(「통도사 소금 단지」) 같은 데서도 넉넉하게 확인된다. 이 모든 것이 "사랑과 그리움의 온기로 장작을 지피고 몸 녹인 불씨"(「기줄다리기 황닥불」)였을 것이다.

우리는 사물이나 현상을 만나고 그것을 인식하는 과정에 필연적으로 언어가 필요하다는 점을 잘 알고 있다. 말할 것도 없이, 대상의 언어적 형상화를 통해 사유가 만들어지고, 사물의 본체는 언어의 구체성을 통해 드러나게 된다. 따라서 사물의 본체에 대한 언어적 파악과 표현이 시의 중요한 역할이라고 할 때, 이러한 시의 속성은 그동안 이창식 시인이 추구해 온 인식 과정과 매우 닮아 있게 된다. 하지만 불가에서는 비非언어적 마음을 유지하는 지향점을 한편으로 가지는데, 그것이 바로 언어를 비껴간 언어 곧 '침묵'이

고 그것은 시원적 사유의 한 형태일 것이다. 여기서 시원始
原이란 공간적 유토피아나 시간적 유년기를 말하는 것이 아
니다. 그것은 우리의 감관感官으로는 다가갈 수 없는 어떤
신성한 것을 품은 궁극적 가치이기도 하고, 훼손되지 않은
정신적이고 영적인 지경地境을 은유한 형식이기도 하다. 이
창식 시인은 삶의 숨겨진 비의秘義를 찾아감으로써 자신이
경험한 근원적인 정신적 고양의 한 순간을 보여 준다. 그것
은 존재를 새롭게 갱신하는 활력으로 나타나면서, 시인으
로 하여금 지극한 사랑의 관법을 수행하게끔 해 주고 있다.

5. 언어 생성을 통해 존재 생성에 이르는 신생新生의 회로

이창식 시편들은 우리가 필요로 하는, 우리가 취해야 할
역진逆進의 태도를 보여 주는 뜻깊은 사례로도 다가온다. 커
다란 스케일과 다양한 디테일을 동시에 가진 이번 시집이
반가운 것도 바로 그 때문이다. 이는 그 자체로 불교적 사
유와 인류 보편의 가치를 통합적으로 수습함으로써 미학적
원근법과 신화적 투시를 아울러 성취한 결과일 것이다. 소
소한 사물 시편이나 해체 지향의 난해 시편과는 전혀 닮지
않은 활력이 이때 강렬하게 안겨 온다. 그렇게 이창식 시인
은 오래고 가치 있는 것들을 발견하고 표현함으로써 우리가
잃어버린 것들에 대한 회복 과정을 깊이 있게 보여 준다.
이때 씌어지는 시편들은 우리에게 성찰의 경험을 가져다주

고, 오랜 역사의 과정에서 면면히 이어진 마음을 회복하게
해 준다. 이번 시집의 표제작을 한번 읽어 보자.

> 울주 반구대 암각화에서 뛰쳐나온 고래 떼
> 딩각 소리에 작살 날고 그물이 던져진다.
> 눈 철철 바람 서걱 함성 와와 쇠 끝에 피,
> 얼음 판화 위에 뿌려진 놀이 줄 연신 흔들린다.
> 고래가 뱃머리와 맞대자 고래고래 소리 지른다.
> 아랫도리 부풀리자 딩각 길이만큼 커진다.
> 칼날로 다시 절벽 그림 후벼 파자 고래고래 메아리친다.
> 쏟아지는 겨울 파편에 고래 왕국 깊숙이 파인다.
> 암각화, 기억의 강과 바다에서 다시 닻을 올리다니.
> 우린 포경선 가운데 서서 고래 간을 잘근잘근 베어 먹는다.

> 나 고래 먹힌 고래 잡힌 고래 게임 시작이야 노름 젖 물
> 리기 숨 쉬기 물뼉 치기 훑기 뽑기 빨기 이길 수 있어 물고
> 기 잡기 해 봐라 달고나 해 봐라 눈새우 만들기 해 봐라 누
> 가 이기나 뼈 남기기 그림자 남기기 꼬리잡기 집짓기 해 봐
> 라 나 고래 이긴다 까불고 있어 인공지능한테도 지는 주제
> 에 니들이 싸움의 달인이라고 아 진짜 고래 싸움 해 볼 거
> 야 인간 등 터지는 게임 해 볼 거야.
> ──「오징어게임」 전문

최근 《오징어게임》이라는 드라마가 세계적 선풍을 일으

킨 바 있다. 일종의 디스토피아 생존 스릴러인 이 드라마는 목숨을 건 치명적인 게임을 기본 구도構圖로 한다. 시인은 딩각과 작살과 그물과 함성 속에서 "울주 반구대 암각화에서 뛰쳐나온 고래 떼"를 상상한다. 얼음 판화 위에 뿌려진 놀이 줄이 흔들릴 때마다 고래가 소리 지르고 그 소리는 메아리로 바뀌어 간다. 그렇게 기억의 강과 바다에서 다시 닻을 올리는 암각화는 어느새 우리의 치열한 삶의 축도縮圖로 몸을 바꾼다. 끊임없이 이어지는 먹고 먹히고 잡고 잡히는 이 게임 원리야말로 "누가 이기나 뼈 남기기 그림자 남기기 꼬리잡기 집짓기" 등으로 확산된다. 진짜 고래 싸움을 다짐하면서 벌여 가는 '오징어게임' 너머에서 우리는 아마도 진공묘유眞空妙有의 빛을 새로이 발견하게 될 것이다. 현실과 초현실 혹은 아我와 타他의 분별이 없어진 상태, 아니 분별이 없어졌다기보다 둘이 한 몸이 된 상태가 말하자면 눈부처가 현현하는 융즉融卽의 상태일 것이다. 이러한 상황을 열망하면서 이창식 시인은 "벼랑 고래 암각화가 보고 싶어 시간 여행"(『죽서루 사뇌가』)을 나섰다가 그 안에서 "자타불이"(『수륙재 땅설법』)를 발견하거나 "천지인의 우주 나무"(『훈민정음』)를 바라보게 된다. 우리는 시인이 그들과 "나눈 시운詩韻"(『탕곡별곡』)을 통해 "지극 열정 한 땀 한 땀 수繡"(『잉카 아리랑』)를 환하게 새겨 갈 수 있을 것이다.

이처럼 이창식의 시는 몸과 마음의 가장 오랜 기원을 살피면서 동시에 그것을 삶의 새로운 기율로 보편화하려는 결실로 다가온다. 존재론적 해석과 전망을 통해 경험적 구체성을 배열하고 그 과정에 어떤 근원적 질서를 부여하려는 시인의 이러한 의지는 잃어버린 아우라를 능동적으로 되부르는 강력한 방법론으로 기능하고 있다. 그의 시는 인간 실존의 원형을 수습하는 동시에 기억의 표면에 있는 像상을 역동적으로 변화시켜 가는 과정을 적극적으로 포괄한다. 이러한 원리를 중심으로 시인은 자신이 관찰하고 내면화해 온 대상들로 하여금 인간 실존을 비유하는 반영체이자 시작詩作 행위를 환기하는 상관물이 되게끔 하고 있다. 물론 그의 시는 단순한 현실 반영의 원리를 넘어, 언어 생성을 통해 존재 생성에 이르는 신생新生의 회로를 보여 준다. 이 점, 궁극적 자기 긍정에 토대를 둔 그의 시적 가능성을 보여 주는 득의의 음역音域이 아닐 수 없다.

대체로 시는 시간 경험에 대한 회상 형식으로 씌어지고 읽힌다. 우리는 시와 시간이 상호 의존적 원질原質임을 잘 알고 있다. 이창식 시의 미학적 근간은 이러한 시간에 대한 회상 형식에서 발원하여 원형적 시간에 대한 갈망으로 이월해 간다. 이때 기억이란 시인으로 하여금 심미적 삶을 가능하게 하는 힘으로 작동하며 이러한 깊고도 지속적인 미학적 충동은 인간의 근원적 존재 형식에 대한 탐구 작업을 끝없이 가능하게 할 것이다. 지금까지 천천히 읽어 왔거니와, 이창식의 시는 스케일과 투명성의 호혜적 결속으로 견고하기만 하다. 흔치 않은 서정적 위엄을 담은 이번 시집에 그러한 기율과 지향이 잔잔하게 출렁이고 있다. 이제 우리는 이창식 시인의 언어가 많은 이들의 은은한 기억 속에 남게 되기를 바란다. 그만큼 이번 시집은 근원적 질서와 존재론적 지평의 개진 과정을 아름답게 설계해 놓은 결실인 셈이다. 이창식 시인은 향후 보편적 삶의 원리에 대한 성찰을 이어 가면서 근원적인 인생론적 힘에 대해 사유하는 쪽으로 훤칠하게 나아갈 것이다. 이번 시집의 빛나는 상재를 축하드리면서, 더욱 첨예하고 역동적인 미의식으로 이창식 시편이 확장적으로 전개되어 가기를 온 마음으로 희원해 본다.